Les deux « Lourdes »

d'Emile ZOLA

et d'Emile POUVILLON

Prix : 0, 30

NICE

Imprimerie et Papeterie J. VENTRE et Cⁱᵉ, rue de la Préfecture, 6

1894

Comte EMÉRIC DU CHASTEL

Les deux « Lourdes »

d'Emile ZOLA

et d'Emile POUVILLON

NICE

Imprimerie et Papeterie J. VENTRE et C°, rue de la Préfecture, 6

—

1894

Les Deux « LOURDES »

de ZOLA et de POUVILLON (1)

La mode est aux trilogies.

Après Wagner, en musique, après Uhde, en peinture, après Nordau, en philosophie, — M. Emile Zola veut trilogiquer à son tour.

A peine le cycle clos des Rougon-Macquart, cette sociale, naturelle et tant soit peu indigeste histoire d'une famille sous le second empire, voilà le maître de l'école naturaliste qui passe à un autre exercice varié plus philosophique, peut-être, mais infiniment moins facile, pour un génie « documentaire » comme le sien.

Il veut franchir d'un coup les bornes physiologiques qu'il avait imposées à son talent. Du simple cas pathologique il compte passer à l'étude des « états d'âme contemporains ». Il nous entretiendra désormais des aspirations vers l'au-delà mystérieux qui, « soudain, s'est fait jour dans les consciences aux lueurs crépusculaires de ce

---

(1) Extrait du journal L'UNION artistique et littéraire du samedi 6 octobre 1894.

siècle finissant » (j'emploie ici les propres expres-
sions de Zola).

Cette nouvelle manière de l'énorme écrivain
va nous valoir trois volumes, dont le premier,
Lourdes, a paru cet été, avec quel tapage tout
le monde sait ; dont les deux autres *Rome* et
Paris sont encore à naître. Ce que seront ces
deux derniers, nul ne le peut prévoir, en dépit
des indiscrétions de reporters et des nombreuses
interviews publiés à ce sujet ; mais pour *Rome*
il me semble pouvoir prédire d'avance que M.
Zola, s'il compte nous dépeindre la Cour pontificale et les côtés compliqués et complexes de
cette institution séculaire, échouera misérable-
ment. Car, certes, qu'au Vatican, Zola ne ren-
contrera que méfiance et hostilité ; il ne trouvera
l'expression sincère de personne et ne pourra
guère reproduire que des racontars de *Busso-
lanti*, de *Scopatori secreti* et de *Ciceroni*.

Les aspects vraiment saisissants de cette Curie
romaine, parfois sublime dans ses luttes contre
les ennemis de la religion, parfois aussi un
peu trop habile et trop souple dans ses négocia-
tions avec les Puissants du jour, lui échappe-
ront certainement. Derrière les portes de bronze
la prélature italienne, qui gouverne la chrétienté,
ne montre guère aux badauds les ressorts qui
font mouvoir le grand mécanisme religieux uni-
versel, et M. Zola, moins que tout autre, ne sera
déclaré : « *dignus intrare* » — dans ce sanc-

tuaire bien gardé. — Il décrira peut-être quelques cérémonies publiques, se glissera sans doute, revêtu d'un faux nez, parmi les fidèles admis à une audience du Saint-Père ; il notera le costume bariolé des suisses et donnera la mesure du panache des gendarmes, de la collerette des cavaliers de cape et d'épée, du péplum rouge des cardinaux ; mais je le défie bien de nous peindre exactement chaque coin de cette cour pontificale, si naïve, si honnête, si simple parfois d'une part, si redoutable de l'autre à ses heures ! Je le défie de saisir exactement les battements mystérieux de ce grand pendule psychologique qui, du fond de Saint-Pierre, fait mouvoir le cœur de 200 millions de catholiques, d'analyser cette Force qui assouplit les âmes, les discipline et les subjugue. M. Zola ne comprendra pas davantage (j'en ai la conviction) la *Rome* des Papes qu'il n'a compris la *Lourdes* des croyants sincères. Le phénomène psycologique comme le mystère religieux demeureront toujours l'un et l'autre inexpliqués pour lui (malgré ses affirmations contraires) ; un esprit qui cherche sans cesse la raison *physique* et les preuves *mathématiques* de toute chose, ne peut que décrire « l'extériorité » des spectacles qu'il contemple : mais s'il s'attaque au mystère, il doit s'égarer aussitôt et il doit patauger fatalement et même ne plus retrouver son honnêteté habituelle d'écrivain « documentaire ».

Ainsi, pour écrire sur *Lourdes* quelques pages vraies, pour traiter ce sujet si étrange et si nouveau, il fallait avoir à l'âme tant soit peu de mysticisme, quelques ressouvenances au moins, de religiosités ataviques, et non pas la seule volonté du positiviste d'étudier, de voir et de reproduire ce qu'on a vu. Le matérialisme de M. Zola est trop court. Il ne s'élève guère au dessus de la Grotte que pour en signaler les moisissures et les scories. Le côté *ulcère* et le côté *boutique* attirent surtout son attention et, dès qu'il sort des descriptions (admirables du reste) de processions ou de paysages, il trébuche, et s'essouffle en vain.

En effet, comment analyser la vibration des âmes harmonieuses, si à ces âmes il ne croit pas ?... Comment jauger cette force mystique qui à *Lourdes* existe, (c'est désormais incontestable) puisque cette force immatérielle ne peut être décomposée dans ses creusets de chimiste ?

Les faits, il les reconnait. Les guérisons, il les admet. La bonne foi du plus grand nombre des malades lui parait sincère... Mais, en positiviste endurci, ne pouvant admettre le miracle, se révoltant à l'idée de toute intervention surnaturelle, — évidemment il ne peut conclure, et son œuvre demeure batarde et incomplète.

Devant le besoin suprême des foules douloureuses, avides d'illusions ou de bienfaits, se jetant aux pieds de la Vierge en un cri saignant de supplication et d'angoisse, certes l'auteur s'attendrit. Une grande pitié lui envahit le cœur. Mais sa froide logique de mathématicien se rebiffe à toute interprétation mystique de ces phénomènes. Ces cures merveilleuses, ces résultats stupéfiants parfois, curieux toujours, il veut tacher de les justifier par toutes sortes d'auto suggestions nerveuses et il est obligé de recourir à des explications compliquées et souvent contestables, tandis qu'il serait si simple et tellement plus honnête de déclarer nettement qu'à ces phénomènes il ne comprend rien et qu'ils dépassent tout au moins la notion des connaissances humaines !

Voilà précisément où le sectaire se révèle, où l'écrivain de parti pris, se dévoile. Il ne demeure plus le rigide et impartial historien d'un étrange phénomène .. Il devient l'avocat d'une cause douteuse et qu'il veut gagner par des moyens douteux.

La *Force* extraordinaire qui se manifeste à Lourdes (et qui est *limitée*, du reste, remarquez-le, dans sa puissance, car les morts n'y ressuscitent pas, et une jambe coupée n'y a jamais repoussé) doit être une Force, si non entièrement surnaturelle et réellement miraculeuse, du moins disons : *extra naturelle* à l'excès. Il y a là certainement une volonté libre et autonome, qui se sert des fluides gigantesques dégagés par tout un peuple hurlant, pour modifier les lois ordinaires de la vie et obtenir des résultats thérapeutiques inconnus à la médecine usuelle.

Or, est-il plus difficile d'admettre que cette Force déterminée provienne d'un Dieu pitoyable et bienfaisant, que de cette entité aveugle que M. Zola s'obstine à dénommer « La Nature », et qui devrait constituer quand même, en l'espèce, un être conscient et impressionnable ? Il me semble que le nom ici n'y fait rien ! Et il me semble aussi, impartialement, que devant de pareils « miracles » nous autres chrétiens, nous sommes parfaitement autorisés à nous prévaloir de ces faits pour conclure à l'existence et à l'intervention directe d'une Divinité !

M. Zola n'est pas de cet avis. Le culte des « illusions », dit-il, a fait son temps et, si consolant qu'il puisse être, ce culte doit céder devant la logique froide de la Raison.

Peu importe que cette raison soit limitée et bancale parfois! Peu importe que l'aspiration des foules aille toujours au surnaturel comme à une source de consolation et d'espoir ! Peu importe que la faillite du savoir soit désormais (et il le reconnaît) palpable et « ravagée de toute part, déformée, (comme il dit), par un siècle de science » ... Non, malgré cela, son positivisme doit triompher de toutes les énigmes et expliquer tous les mystères et tous les problèmes !

Et alors, M. Emile Zola nous raconte à propos de *Lourdes* une histoire où, en effet, le surnaturel ne joue qu'un rôle médiocre et amoindri. Le cas qu'il invente et qu'il nous expose, du reste, avec tous les charmes de son merveilleux talent, relève uniquement de la pathologie, je l'avoue. Et le prêtre ayant perdu la foi et venant chercher à Lourdes la guérison de son âme en même temps que la guérison physique d'une jeune fille à laquelle il a voué la plus pure des affections fraternelles, — ce prêtre, évidemment, ne peut retrouver sa croyance à la vue des résultats physiques d'une simple secousse nerveuse.

Il est vrai que Zola a eu le tact et le bon goût de ne point faire de l'abbé Pierre, son héros, un défroqué vulgaire. Il lui a laissé toute la dignité de sa soutane en le voulant scrupuleusement chaste et honnête homme, respectueux du serment prêté, ne faisant pas étalage de ses révoltes intimes, de ses doutes, des combats qu'il soutient entre sa raison et sa foi. Mais pour que Pierre puisse croire enfin à la vérité absolue de la religion dont il est un des ministres, il lui faudrait voir un miracle *indiscutable*, inexplicable du moins par les moyens physiques ordinaires. La guérison de Marie lui a été prédite d'avance, dans les conditions dans lesquelles elle s'accomplit, par un jeune médecin très savant et hasardeux. Assez naïvement, ne pouvant plus croire à ce prodige, Pierre se refuse à croire à tous les autres, et il rentre à Paris d'autant plus sceptique et désolé que son âme généreuse a été écœurée encore par les aspects mesquins et mercantiles que Lourdes a pris depuis quelques années.

Or, ceci n'est pas de jeu ! L'œuvre manque de logique, l'argumentation est faible et la conclusion pêche par la base. — Admettons, avec l'auteur, que Mlle de Guerçaint ne doive réellement sa guérison qu'à une simple détente nerveuse, à une auto-suggestion de sa volonté chancellante, exaltée soudain par les splendeurs d'une mise en scène incomparable ; admettons que son cas spécial ne prouve rien... Eh bien quoi ? M. Zola pour étudier Lourdes consciencieusement et avec son habituelle « honnêteté documentaire » n'aurait-il pas dû nous présenter encore un AUTRE CAS plus complet, plus difficile à expliquer et sur lequel la bonne foi du prêtre aurait pu hésiter davantage ?

Les exemples ne manquent pas à Lourdes, certes! Il y en a de stupéfiants. Zola lui-même, dans son livre, en cite plusieurs en passant... Un enfant de trois ans paralysé, touchant jadis la robe de Bernadette, marchant tout de suite, étant guéri du coup (page 78). Un autre qu'on lit dans les *Annales* (page 167) d'une fillette de quelques mois, rongée par les ulcères, plongée soudain dans la piscine et dont la peau devient lisse et fraîche instantanément. D'autres encore, reconnus et constatés par les médecins les plus sceptiques et dont l'authenticité ne peut pas être mise en doute.

Enfin tous les phénomènes où l'auto-suggestion et la secousse nerveuse ne peuvent être invoquées, voilà les guérisons « miraculeuses » qui auraient dû impressionner l'abbé Pierre bien plus que le cas spécial auquel il s'était attaché; voilà les documents qui auraient pu influencer son scepticisme et sur lesquels cet esprit sérieux et chercheur aurait dû s'interroger avant de rentrer à Paris dans la plus noire des désespérances !

Zola a très bien saisi ce côté inexplicable, pathologiquement, des cures de Lourdes. Et son positivisme, au fond, s'en trouve bouleversé et hésitant. Page 398 il le reconnaît, en passant, (mais il a bien soin de ne pas s'y arrêter trop longtemps). Il parle d'un fluide vital assez puissant qui se dégage de l'extrême exhaltation d'une foule et devient « un agent de souveraine volonté, forçant la matière à obéir ».

La matière ? Mot absurde dans l'espèce ! Car la matière est inerte et molle ! Elle ne peut jamais avoir de volonté propre. Il faut nécessairement qu'une Force supérieure et intelligente agisse sur elle et la pétrisse de telle façon que ce qu'on appelle à Lourdes le « Miracle » s'accomplisse en dehors des lois réglementaires. Or, cette Force, je le répète, — qu'on l'appelle Dieu ou la Nature, peu importe le nom ! —

devient ici consciente et personnelle. Elle cède aux supplications de la foule. Elle s'apitoye aux malheurs de l'humanité souffrante. Elle répond par des prodiges à la douce violence des âmes angoissées. Enfin cette Force devient réellement divine par ses origines de bonté.

Mais Zola s'obstine à ne pas vouloir la connaître et, avec mauvaise foi, il passe sur ces manifestations évidentes pour ne retenir que les cas contestables et amoindris. Et c'est ce que je lui reproche ; c'est ce qui fait de son livre un travail sans valeur, même documentaire.

Tout autre est le livre de M. Emile Pouvillon : *Bernadette de Lourdes*. J'ai déjà dit ici-même, il y a quelques mois, que cette œuvre parue dans la *Revue des Deux-Mondes* peu de temps avant la publication de celle de M. Zola, était bien le plus merveilleux joyau littéraire qui ait été ciselé en France depuis plusieurs années. Naturellement, tandis que le livre de Zola atteint déjà son 150ᵉ mille — (en dépit des foudres de l'*Index*) — je crois bien que celui de M. Pouvillon compte à peine quelques éditions.

Mais voilà une chose qui ne prouve rien pour le mérite de l'œuvre !... Tout lecteur délicat, toute âme raffinée, en lisant *Bernadette de Lourdes*, surtout s'il s'empresse de savourer cette légende poétique après avoir absorbé le cruel *Lourdes* du maître de Médan, éprouvera la sensation très nette d'un bain tiède et aromatisé où ses nerfs se détendront en un grand apaisement délicieux.

Comme l'air semble parfumé! Quelle fraîcheur exquise se dégage de ce livre ! Ah ! mon Dieu ! voilà qu'on respire plus librement ! Il semble vraiment qu'on se *tube* de tous les lupus, de tous les ulcères, de toutes les souillures et les laideurs physiques et morales, pathologiques et documentaires dont le roman de Zola pullule ; sur lesquelles, comme toujours, l'historien de la famille Rougon, — longuement, complaisamment, avec des appétences de gourmet, — s'étale.

Et malgré cela l'œuvre de M. Pouvillon est tout aussi vraie, d'une étude tout aussi consciencieuse, d'une vie plus intense.

Bernadette de Lourdes, affectant la forme dialoguée d'une vieille légende chrétienne du Moyen-Age, est bien le volume le plus complètement habile et le plus intelligemment féérique qui puisse s'écrire sur un pareil sujet. Je ne crois pas que son auteur soit un « clérical » bien exalté. Mais il a dans l'âme la dose nécessaire de spiritualisme pour traiter un sujet aussi spiritualiste.

Jadis Henri Lassère nous a narré consciencieusement l'histoire des apparitions de Lourdes et son ouvrage, d'une entière bonne foi (recon-

nue même par Zola) fait autorité en la matière.
Une infinité d'autres volumes ont paru depuis,
traitant plus ou moins heureusement du même
sujet, les uns revêtant la forme d'une religiosité
maladive, les autres affectant les dehors d'une
exaltation invraisemblable. Impressions de voya-
ges de pèlerins, cures fabuleuses de malades,
récits de convertions subites et stupéfiantes. —
il en a paru pour tous les goûts et dans tous les
formats.

Mais aucun de ces écrivains n'a saisi le côté
mystique *extra-naturel* (si non surnaturel) un
peu vague, limbé d'inexplicable, et auréolé de
mystérieux, de ce phénomène moitié rêve et
moitié réalité, — dont M. Emile Pouvillon a,
lui aussi, reproduit toutes les phases. A la manière ancienne des poètes et des troubadours, il
a fait dialoguer les saints du Paradis avec les
fleurs des jardins, les anges du bon Dieu avec
des brebis très humbles; les montagnes entre
elles ont conversé, chacune chantant superbe-
ment la gloire de son propre pèlerinage, les mé-
rites de ses eaux saintes, l'éclat des grâces
divines obtenues par elles; d'autres cîmes plus
hautes et plus orgueilleuses se sont rappelées
encore d'avoir été adorées comme des tabernac-
cles aux temps lointains du paganisme. Puis,
nous voyons défiler dans *Bernadette* des enti-
tés morales comme l'orgueil, la paresse ou la
gourmandise, se faufilant dans les cloîtres, re-

vêtues d'habits épiscopaux, ou bien tenant con-
versation ouverte avec d'honorables commis-
saires de police et d'imposants procureurs
impériaux.

Voilà le côté *légende*, l'appoint « d'au-delà » et
de mysticisme vague qu'un sujet pareil com-
portait évidemment et qu'il aurait été, j'ose
l'affirmer, ANTI-SCIENTIFIQUE de mépriser. Mais
sur ce fond de vieux vitrail de cathédrale,
bariolé et châtoyant, se détache nettement la
figure de la petite Soubirous, finette, simplette,
entêtée dans la seule affirmation du fait qu'elle a
vu la Sainte Vierge à la grotte.

Et cette figure est divine. Et ce caractère est
complet. Et l'histoire de la mignonne bergère est
là, parfaitement et logiquement exposée, avec
tous les « documents » nécessaires. Du gigan-
tesque triomphe obtenu par elle, des foules que
sa voix a jeté à la vallée du Gave, de la richesse
insolente et des transformations soudaines de sa
ville natale, l'humble fille n'a cure ! Simple
instrument presque inconscient, d'une force dont
elle soupçonne à peine la puissance, Bernadette, dès les premiers jours, croit sa mission ac-
complie. — Elle ne demande rien. Elle ne
s'énorgueillit pas d'être devenue célèbre. Elle
n'aspire qu'au silence et qu'à l'oubli.

M. Zola, dans certains passages de son *Lourdes* (vraiment grotesques), verse des larmes
hypocrites sur le sort de cette jeune paysanne,

murée, désormais, au fond d'un cloître lointain ;
il lui fait remonter au cœur des désespérances
et des révoltes. « Il lui vint comme un regret,
dit-il, d'être vierge, et de ne pas avoir un mari
à aimer, des enfants à soigner comme les autres
femmes ». — Or, aucun sentiment n'est plus
faux, plus invraisemblable, plus ridicule même
quand il s'agit d'une pauvre petite nature maladive, toute blottie dans son mysticisme frileux,
et dont l'âme délicate s'unit à son enveloppe
terrestre par des liens tellement tenus qu'un
premier souffle d'ouragan l'emportera du coup
dans les azurs transparents du vaste firmament
vainqueur !

Son cas médical est expliqué par Zola tout de
travers ; et quant à son émotion intime, quant
aux sentiments surnaturels qui l'agitent, M.
Emile Zola ne peut pas les comprendre ni les
retracer fidèlement, toujours pour la même raison : parce qu'il est un positiviste entêté, rebelle
obstinément à toute idée « d'au-delà ».

Maeterlink disait excellemment l'autre jour
dans un article que : » nous ignorons les trésors
« visibles presque autant que les invisibles » —
« mais que notre âme a toujours et partout la
« puissance des mêmes forces merveilleuses ».—
Or, ce sont précisément ces forces-là que M.
Pouvillon nous a signalées dans son livre. En
artiste raffiné, il a groupé habilement autour de
son héroïne tous les éléments qui pouvaient

mieux la faire ressortir. Et, à travers son œuvre, apparaît comme la vision d'un monde nouveau, dont même les incrédules et les sceptiques
positivement commencent à se préoccuper, qui
existe peut-être à côté du nôtre, mais dont la
rigide science ne peut encore déterminer les con-
tours...

En cela, l'ouvrage de Pouvillon est infiniment
plus consciencieux que celui de Zola, car il tient
compte d'un « *coefficient* » mystérieux sans lequel
une étude sur Lourdes ne peut être ni complète,
ni sincère.

***

Et remarquez-le de nouveau : l'auteur de *Bernadette de Lourdes* n'est pas du tout un vrai
catholique... Je doute même qu'il soit un « chré-
tien » dans le sens le plus large du mot. Mais,
lui, se contente d'exposer les faits sous une forme
poétique et légendaire, qui les encadre admira-
blement.

Tandis que Zola plaide tout le temps une cause
qui lui tient à cœur et veut conclure quand
même, avec un acharnement pédantesque. — Au
retour du pèlerinage, après une scène (superbe,
du reste) entre l'abbé Pierre et Marie, où cette
dernière lui révèle son intention de rester vierge
toute sa vie, — Pierre, seul dans un coin du
wagon, entame avec lui-même une longue dis-

sertation philosophique, qui va devenir comme
la péroraison et la conclusion du livre.

C'est à ce moment qu'il reconnaît d'abord que
les « illusions » peuvent être précieuses pour
l'humanité et que « *jamais* l'homme ne pourra
« se passer du rêve d'un Dieu souverain rétablis-
« sant l'égalité, refaisant le bonheur à coup de
« miracles ». — Aveu précieux à retenir !

Après cela, l'auteur prononce le mot de « Religion nouvelle ». — Il se demande si « ne pou-
« vant opérer brusquement l'humanité de son
« rêve, lui enlever de force le merveilleux dont
« elle a besoin autant que de pain pour vivre »
il ne faudrait pas du moins « changer d'illusion »
laisser « une porte au mystère » et lui fournir
un culte où la Terre aurait une part plus large,
qui serait « plus accommodant aux vérités con-
quises ».

Cette Religion des siècles futurs, peut-être
Zola nous en donnera-t-il la formule dans son
3ᵐᵉ volume, *Paris ;* nous verrons alors ce qu'elle
vaut... Mais comme l'auteur tient à bien établir
d'abord que cette Religion ne sera pas, au fond,
plus RÉELLE que les notres ; comme il ne pourra
alors, comme aujourd'hui, qu'être l'apôtre d'une
illusion ; comme enfin sa raison étroite et intran-
sigeante s'insurge pendant les 598 pages de son
œuvre contre toute idée d'un Dieu personnel et
bienfaisant, qu'il proclame le néant des Espéran-
ces et hurle le mensonge de toute aspiration à

une vie future..... évidemment son projet de Religion nouvelle ne tient pas debout !

Le prince Jean Lubomirsky a déjà, il y a plusieurs années, traité de ce sujet dans un livre très sérieux et très bien fait. Mais, pas plus que le grand romancier, il n'a pu arriver à une conclusion pratique.

Les deux termes du problème s'éliminent fatalement :

Ou il y a un Dieu et une vie future ; — et alors toute forme de religion est bonne (et la forme dite « catholique » est particulièrement excellente, car elle fait surgir des dévouements et des abnégations, — comme ceux des sœurs de charité et des missionnaires, — que tous les autres cultes nous envient).

Ou il n'y a ni Dieu, ni vie future — et alors, bonsoir !... « La haine de la vie, le dégoût et « la paralysie de l'action » — que M. Zola reproche aux religions révélées, — doivent régner en Maître sur l'Univers écœuré !...

Que nous importe le globe ? ses transformations, ses renouveaux et ses progrès ?...

Nous souffrons ? Nous saignons ? Nous ne pouvons rien contre les fatalités du hasard et les ironies de la destinée ?... Nous sommes là, comme des feuilles inertes, comme des feuilles sèches que la tempête entasse dans un coin ou bien qu'un ouragan fait tourbillonner en l'air ?

Eh bien ! alors, la mort sans phrase, le *non*

être immédiat, le suicide en masse de toute l'humanité souffrante et pensante !...

Comment? il n'y a rien eu avant? Il n'y aura rien après ? Et, lâches ! nous hésiterions encore ??...

Voilà, forcément, la conclusion logique du livre d'Emile Zola !

Heureusement plus réchauffant est celui de Pouvillon. Il nous met au cœur les tièdes douceurs d'une espérance. Et il nous montre, par l'exemple de la tendre Bernadette, que d'une âme naïve et très simple peut surgir parfois l'éloquence salutaire qui impressionne les foules, les entraîne et les console..., bien mieux que les écrits « documentaires » de certains romanciers naturalistes !

Le Comte EMÉRIC.